KB106417

꽃이 지고 나면

꽃이 지고 나면

발행일   2018년 12월 7일

지은이   최 홍 규
펴낸이   손 형 국
펴낸곳   (주)북랩
편집인   선일영
편집   오경진, 권혁신, 최승헌, 최예은, 김경무
디자인   이현수, 김민하, 한수희, 김윤주, 허지혜
제작   박기성, 황동현, 구성우, 정성배
마케팅   김회란, 박진관, 조하라
출판등록   2004. 12. 1(제2012-000051호)
주소   서울시 금천구 가산디지털 1로 168, 우림라이온스밸리 B동 B113, 114호
홈페이지   www.book.co.kr
전화번호   (02)2026-5777
팩스   (02)2026-5747

ISBN   979-11-6299-429-0 03810 (종이책)   979-11-6299-430-6 05810 (전자책)

이 도서의 국립중앙도서관 출판예정도서목록(CIP)은 서지정보유통지원시스템 홈페이지(http://seoji.nl.go.kr)와
국가자료공동목록시스템(http://www.nl.go.kr/kolisnet)에서 이용하실 수 있습니다.
(CIP제어번호: CIP2018038506)

(주)북랩 성공출판의 파트너

북랩 홈페이지와 패밀리 사이트에서 다양한 출판 솔루션을 만나 보세요!

홈페이지 book.co.kr   •   **블로그** blog.naver.com/essaybook   •   **원고모집** book@book.co.kr

아무도 주목하지 않는 꽃 진 자리,

그곳에 싹틀 생명에 대하여

최흥규 제3시집

꽃이
지고 나면

북랩 book Lab

자서(自序)

추운 이 겨울에 발가벗은 몸으로 다시 3번째 세상에 나왔다. 시는 나의 인생에서 진정으로 허무를 연습하는 탄생이고 신비와 창조를 번갈아가는 천사이기도 하고 나를 괴롭히는 악마이기도 하다.

한 인간이 세상을 살아가면서 모든 것들이 다 바르지 못할 것이고 옳은 일만 다 할 수 없기에 시는 그것을 감추고 미화시키기 위한 나만의 자각과 반성의 표시로 쓰는 울림이기도 하다.

바쁘게 생업을 하는 한 인간의 삶 속에서 글을 쓴다는 것은 드넓은 바다 위에 작은 쪽배로 떠 있는 긴장의 연속이고 불안과 외로움의 연속이기도 했다.

최홍규 제3시집

강원도 최전방 군복무 시절에 옆 전우가 《강원일보》 신춘
문예에 당선되고 연거푸 호국문예에 당선되는 것을 보면서
어찌나 부러운지 나도 먹지를 대고 원고지에 써서 모 신문사
에 보낸 글이 지면에 실렸던 그 기쁜 추억은 지금도 잊을 수
가 없다.

　하루하루 바쁜 일과이지만 시를 쓴다는 것은, 나의 숨결이
고 나의 자전의 노래이기도 하다. 잠든 나를 깨우고 나 자신
을 뒤돌아보는 것이 시를 쓰는 첫 번째 목적이다. 두 번째 목
적인 자연 앞에서 한없이 나를 낮추고 힘없고 가난한 사람들
을 위해 소리 높여서 외치는 일 역시 멈추지 않을 것이다.

2018년 12월 어느 날
최흥규 씀

차례

아버지와 작은아버지

이승의 낯선 된비알 무명으로 살았지만
세월은 갈수록 삭정이 같은 뼈마디마다
척박한 그 몸보다 더 굽이굽이 버거웠고

풀섶을 찡찡 감고 다니던 버거운 삶이여
그 나무 사이사이 목덜미 물던 진드기는
뼈마디 졸라맨 아버지 어깨를 짓눌렀다

한 어머니 뱃속에서 탯줄 잘랐던 아우는
사내의 눈길 앞에서 밤새 녹이던 방고래로
뜨거운 흙으로 그만 부서지길 간절하였고

높은 산 깊은 계곡 기척 없는 형제 우애는
씀바귀보다 더 쓴 그리운 달빛을 우려내며
무한으로 찢기지 않는 박음질한 넝쿨이여

산에 다가가면

다져놓은 외길을 뒷짐 지고 수런대는 산에 다가선다
오솔길 위 햇살은 흘러 내려와서 풀빛으로 고이더니
좁은 길 굽이로 자라난 푸른 소망 하나 가지를 뻗고

옥동자 청자를 구워내는 장인의 이마에 땀이 흐르듯
하늘 길 잃은 먼지와 벗이 되레 오롯이 손을 내밀면
한 자락씩 자란 숲속 나무들이 물고기처럼 풀고 있다

산바람을 동여맨 청솔가지 아래로 내려놓은 몸으로
무소유 마음에 다시 한 뼘씩 자란 소망을 잘 키워서
나를 낮추도록 빽빽이 다가선 그늘 아래로 밀어낸다

　　　　　　　　　최홍규 제3시집

폭염

붉디붉은 입술 머리채 푼 땡볕 위에 각진 악다구니
직광으로 가시 찔린 햇살은 무참히 골조를 후려친다

바람 가른 어지러움 열을 받아 햇살 지는 들녘으로
목이 쉰 천신만고의 거친 열기 송곳 부리 뿜어댄다

끓는 가슴 천 길 불길을 터트려 보려는 속셈이던가
녹아 흐르는 대지는 쉼표도 없이 폭발할 기세이고

볕살이 찢어질 듯 녹는 색채의 향연으로 스며들어
매캐한 연막 속 유황빛 이마를 흔들며 몰아붙인다

감나무

아기 꽃 진 자리에 노란 나팔소리 하강하면
곡선으로 다가오는 원의 열매가 밑을 바라본다

폭염에도 무성한 푸른 잎들이 바람에 흔들릴 때
모두가 진득한 귀를 열고 자박자박 몸을 낮춘다

거칠게 몰아낸 어둠 뒤로 떫은 시절을 이겨내고
풍우 속을 달려온 풍요로운 어머니의 마음일까

둥글게 익는, 붉은 기별을 더듬은 행복한 미각
도드라진 둥근 감 싸목싸목 익어가는 그리움

비둘기낭 폭포

소나무 송진 향 배어나는 되알진 그늘 숲길 아래
그리움을 갈아서 눕혀 서럽게 미어지는 오장육부

수많은 낮과 밤을 파편의 힘겨움을 잘게 쪼개서
활처럼 끌어안고 공간의 틈은 힘찬 임의 그리움

소중한 것들을 팽개친 허방의 길의 어리석음들은
나를 낮추고 아래로 향하는 욕심을 휘감아 흐르고

보석으로 만든 내 땀방울 희망의 몸으로 만들어서
황금빛 장강의 물길 따라 길고 긴 여정을 떠난다

패자에게 박수를

나는 보았네, 그가 심한 고열로 흘렸을 수많은
눈물과 어둠을 삼키며 보냈을 진한 어둠의 날들을

삶은 환한 불을 켜고 열광할 때 가장 위태로운 것
탓하지 말고 한층 한층 더 튼튼하게 쌓아 올리자

어둠이 깊다고 날이 새지 않는 것을 보았는가
꽃이 지는 것은 열매를 위한 것 곡선을 준비하자

절망의 눈물은 문 밖으로 밀어내고 따뜻한 햇살
불러들여 링거 줄에 흐르는 가족의 피를 생각하자

지금 손에 쥔 것들은 날아갈 한 줄기 바람일 뿐이고
덜 여문 곡절 눈물이 보석을 만듦을 잊지 말자

 최홍규 제3시집

우리 집 똥차

아득한 청춘을 넘어가더니 가래 낀 목에서
골골골 숨 쉬는 게 응급실을 향할 모양이다

거친 숨소리는 점점 더 힘들어 애태우더니
수많은 차 사이에 채면도 모르고 숨을 놓았다

우리 가족의 산증인이었고 단칸방 이삿짐을
희망 가득 싣고 싼 집을 찾아다녔던 추억들

새들은 그 아픈 마음을 아는지 모르는지
우리 차 앞 유리창에 빈대떡만 한 똥을 눈다

얘들아 이런 큰 똥은 화장실서 해결해야지
너희들 똥 누는 그런 똥차가 아니란다

아버지 팔순 케이크

자식을 향한 외줄 타기 간절한 줄을
놓치실까 봐 뼈마디 향한 간절한 외길로

물비늘 조심스레 두드리시며 떨리도록
무성한 바람은 돌의 겉도는 외로움

세월의 큰 힘에 견뎌내지 못하시고
버거워 바다 위로 쪽배로 뜨시더니

허허로운 세상을 굽어 리본 풀린 케이크
상자 안에서 환히 웃으시며 나오신다

하늘 땅 기를 모아 천수를 기원하며
세월의 큰 힘에도 강녕하시길 소망한다

미투

누군가는 불러야 명곡의 노래가 되듯이
힘껏 울리지 않으면 종의 존재가 아니듯

찢어지는 아픔에도 혁명의 미투의 종은
밝은 미래를 위해서도 계속 울려야 한다

뒤틀리고 낡아서 병든 물길 속을 홍수의
물길이 깨끗이 씻어내야 맑은 강이 되듯이

더 맑고 더 투명한 세상을 향해서 푸르른
창공을 향해서 계속해서 울려 퍼져야 한다

피아노를 치는 여자

눈에 밝힌 추억을 한숨 뒤섞어 지워내면서
횡단보도 건반 위를 물고 피아노에 앉는다

고요함에 누워 한 음씩 뜯을 때마다 맑은 소리
숨어 있는 고요를 깨워 리듬의 통증을 앓는다

진흙의 높고 낮은 건반들이 숨은 미생물처럼
요람의 굴곡을 타고 꿈틀대다 세상을 요동친다

어떤 남자의 생의 전부를 흔들어 놓은 그 여자
어떤 남자의 생의 전부를 흔들어 울린 그 여자

갯비린내 길쭉한 손끝의 화음의 내재율 향기가
오늘도 냉정한 여자로 불같은 여자로 살아간다

내 고향 김제

서해안 노릇노릇 잦아드는 가르마를 타는
해오름 길을, 불빛의 그리움을 늘 생각한다

마음은 언제나 그곳에 몸이 있다는 것들을
깨달은 삶은 엉겅퀴 피는 그리운 달빛이고

캄캄한 그리움은 대낮으로 마음을 닦으며
밤낮으로 불빛으로 몸을 닦으며 살아간다

아버지 등에 업혀 건너서 아버지 뼈를 묻은
만경강 줄기 따라 죽어서도 가야 할 내 고향

귀로 다가온다

알몸에 세상 나온 두 귀가 귓등 위에
햇살을 물들이며 다가온다

찬 돌을 얼굴에 부비는 칼바람에도
달아오른 숫기 없는 말들이 다가온다

사랑을 알아 달아오른 소녀의 불같은
핑크빛 햇살도 귀로 다가온다

기쁨과 슬픔의 소식들이 깊숙이 머물다
속내 붉히며 따뜻한 해를 이고 다가온다

최홍규 제3시집

옥탑방

지겹게 반복되는 지친 몸뚱어리 의지하는
한밤중 철 계단 오르기가 쉽지는 않았다

뚜벅뚜벅 오르다 숨 가빠 아래를 내려다보면
반짝이는 수많은 불빛은 천진한 휘슬이고

가난했던 위와 평범했던 아래의 벽 사이를
벗겨내기 틈새 속살들이 어깨를 짓누른다

방 열쇠 돌리기와 빼기의 반복된 삶 속은
겨끔내기 안과 밖을 쳇바퀴로 연속 대하고

한숨 몰아서 불을 켜면 포위된 내 감방
천장 벽을 기대며 통곡하며 잠 못 이룬다

아픈 강아지

숲속 밑으로 흔들며 내려오는 갈대바람 소리에도
귀를 쫑긋 세우고 시선마저 고정시켜 웅크리고 있다

어느 날 식음을 전폐하고 참을 수 없는 고통을 혀로
핥으며 동상인 듯 멈춰서 하얀 눈만 깜박거리고 있다

이를 악물어 주인을 기다리고 아픈 것들은 지나거니
마음을 먹으며 꿋꿋하게 생명줄인 양 의리를 중시한다

아무것도 해줄 수 없는 만물의 영장인 우리들은
저 속 깊은 강아지만도 못함을 스스로 자각한다

반(半)의 세상

바람마저 주저앉은 뜨거운 대낮 뒤에
어둠이 끌고 달려온 달이 휘슬을 분다

슬픈 소식은 상하여 어두운 밤을 자르고
환한 꼬리 흔들며 기쁨이 쉬어 가고 있다

컴컴한 세상들이 산 채로 꼬리를 묶어도
낮달만은 혼자서 몸을 쉬어 가고 있다

거친 가풀막 더위에 기운 빠진 나무들과
겨울을 이긴 싹들이 바릿물로 흘러간다

몰래카메라

가늠할 수 없이 뒤틀려져 이기적인 트레바리는

맑지 못하고 병이 들어 희검게 남루한 그 마음은

음흉하게 도사리고 있는 못난 탐식의 눈빛으로

앙칼져서 불신의 이빨들이 아작아작 씹고 있다

시퍼렇게 날선 그 영혼을 가슴속으로 걸친 채

밝은 빛 시궁창 그늘 숨죽인 절벽 뒤에 숨어서

사팔뜨기 일거수일투족을 비겁한 두더지가 되어

희망 없는 고치가 돼버린 비루한 이기심의 극치여

건널목

골목길 구석구석 누워 있는 햇빛이
내 옷깃을 저 길 너머로 유혹한다

햇빛이 들어온 길을 따라 걷다 보면
누군가 반기는 신기루가 분명 있다

구부러진 골목길 다른 길을 나서면
신호등 그림자 걸음이 뒤따라오고

삶을 이끄는 또 다른 길을 찾아서
그리움들이 널조각으로 걸쳐간 듯이

네 그리움이 징검다리 놓아둔 듯한
희미한 그 무엇이 거기에 서 있다

 최홍규 제3시집

시간 위에서

하루하루 아려오는 고된 삶 위로 스멀스멀
갈색 빛의 삶은 진물 상처 바람에 뒹군다

파릇파릇 젖은 아픈 사색의 물결들은
연붉은 불꽃을 지펴 연거푸 토해내고

희끄무레 떠도는 공허에 묻혀서 빛바랜
연민이 둥둥 떠다니며 멀고 먼 산이 된다

습기 져서 맺혀 있는 서늘한 어둠의 벽은
세찬 빗줄기 뒤로 만추 바람이 걸어간다

감자

거친 엄마의 손 흙의 숭배로 모성애 안은 마음
토닥토닥 등을 북돋아 주시면 희망을 잉태하는
은닉한 쌍꺼풀눈들이 이곳저곳에 박혀 있다

칭찬하는 손길을 땅속에서 알아차린 참한 인성은
민초의 삶을 호미가 북돋아 듬뿍듬뿍 쌓아올려
세월의 등에 앉아서 행복한 춤으로 넘실거린다

흙을 사랑한 혼령은 잡초 속 대롱대롱 목숨을 건
모골이 송연하게 안으로 둥글둥글 박힌 몸체들이
희망에 잉태한 수많은 알들이 올올이 감겨온다

사내 눈썹

흐르는 세월 앞에 잘 쓴 천하의 명필 두 문장은

질긴 생명줄 위에 우듬지 끝 간질이는 쌍둥이 두 상징

부릅뜬 버들잎 한 일 자로 응시하는 두 눈의 문지기로

뜨거운 가슴 안쪽에 사내 심장이 뛰는 벅찬 소리로

서로에게 주고받는 반달을 베고서 누운 잔을 나누며

그의 증표인 눈 위 바르고 올곧게 얼비치며 살아간다

동네 우물

논바닥 쩍쩍 갈라지는 가뭄에도 쉼 없이

마르지 않고 끝없이 솟아나는 그 열정은

그 옛날 동네 사람들이 공동 우물 속에서

먹을 감던 아낙네와 그 많은 사내들의 알몸들

젊고 싱싱했던 푸르던 청춘남녀 아낙네들과

우물 밑에서 올려봤던 순수한 민낯 얼굴들을

하나도 잊지 않고 나는 죄다 기억하고 있다

최홍규 제3시집

말(言)

세 치 혀에서 찰나로 생산되어서
귀로 소멸되지 못한 돌연변이가

코를 막는 저 지독한 구린내는
자신의 것인 줄이나 아는 건지

남의 가슴 찢어지는 시퍼런 저
칼춤이 지금도 미친 듯 춤추고

행하는 것은 이미 떠나버린 찰나
참는 것은 잔잔한 금빛 호수이다

도랑물

타들어가는 볕살이 찢어질 듯
목마른 사각 논배미의 기다림은

허기진 뙤약볕 그늘을 끌어서
들어간 뒤에 웃음이 없어지고

슬픈 바람 헐거운 흙탕물 뒤에서
목 죄어오는 축사의 AI 돌연변이

숨죽인 도랑물의 눈빛은 슬픔으로
댓돌로 향하며 창궐하는 침묵이다

부모님 생각

한 몸에서 큰 아픈 달빛 쬐어 온다
자식과 갈라져서 다른 몸이 되어서

누운 잠을 이길 줄 알아야 하느니라
새벽을 깨우고 이 산 저 산을 깨우신다

이승에 오시는 길을 놓치시는 것은
가는 길을 알 수가 없어서 그랬을까

젖 먹던 힘을 매달리며 힘을 써봐도
부모님 자식에게 오시질 못하신다

저 구절양장 슬픈 영혼은 약해져서
점점 연옥(煉獄)에서 앓아눕는다

용오름

찰나에 욱하여 뭉쳐진 뜨거운 한의 응어리는

무엇에 이토록 휘몰아친 듯 일순간 맺혔을까

점점 뒤 꼬이는 거친 오장 육부로 돌변하더니

한스러운 몸체는 점점 더 크고 넓게 되알져서

갈 길을 위로만 솟아 폭주하여 마냥 폭폭하다

못 말려 뭉쳐진 님의 생각은 울부짖어 직립하는

저 위의 그리움을 치솟아 그대에게 달려간다

첫눈

지난 여름빛에 베인 화폭 중심에서 아카시아꽃

이팝나무 꽃 목화꽃들이 하얀 뭉게구름을 타고서

남루한 세상일을 보듬고 하늘로 먼저 날아가더니

칼끝에서 낙화하는 눈부신 하얀 깃발 꽃으로 날아

때 묻지 않는 엄숙한 하느님 경전 설경의 꽃으로

낮고 굵은 성량으로 곳간에 가득 들어오고 있다

이사 가던 날

살던 집은 무덤이 된 듯 동굴처럼 더 낯설고
집먼지까지 집주인에게 밖으로 끌려 나왔다

돌아보지 않고 멍하게 살았던 지난날의 삶은
무성하게 자라난 잡초보다도 더 무성하였고

대문 밖으로 드러누워 내몰린 이삿짐들 위로
오늘따라 더 하늘이 높고도 푸르기만 하였다

타투처럼 무거운 가장의 이름, 완장을 찼지만
뒷발 들고 못난 이 몸을 눈보라가 일으킨다

최홍규 제3시집

친구 문상

환하게 웃는 영정 사진 앞에 그늘진 소주병과
흰 국화들이 켜켜이 쓰러져 슬프게 울고 있다

고봉한 쌀밥과 따뜻한 국은 애끓다 지쳐 있고
담배 연기 뒤섞여 지쳐서 아래로 누워 있다

저 선한 뜨거운 심장은 차마 건너지 못한 채
발치하듯 이승의 목숨을 불속에 뛰어드는가

병마와 싸우다 바람의 몸으로 사멸하는 친구
벽 액자에 붙어 마지막 편육을 대접하고 있다

모든 것은 지나간다

일출의 장엄함이 아침 내내 계속되지 않듯이
세상 속 모든 것들은 지나간다

모든 생명체는 비와 흙을 비벼 먹고 살다가
흙으로 돌아가기 위해 또 지나간다

사라지지 않는다면 생명이 탄생할 수 없는 것
이것이 삶 속의 참된 진리이다

일몰의 아름다움은 찰나의 모닥불이듯
한밤중까지 계속 이어지질 않듯이 지나간다

　　　　　　　　최홍규 제3시집

작은 거인
— 서화평 목사 —

고향 뜰 한 대접 초가집 저 안쪽을 내어주며
낯익은 풍경을 달 아래 남겨두고 고된 삶터에
빛과 어둠의 드나듦은 보랏빛 우정의 인연이고

서해안 물 위 안개 걷힌 카페 파도가 응원하고
창틀에 걸린 보름 낮달 다가와 원탁을 만들고서
귀한 시밀레 여기에 온다 하니 맹물도 단맛이다

파도를 베고 누운 곱사등 새우 한 마리 다가와서
따뜻한 찻잔 귀 모양의 온기를 만들고 천의 마음
은혜의 촛불을 켠 듯 우리의 마음 환히 밝혀준다

작은 거인 다가와 양보 못한 욕망의 틀을 용서하며
무녀리 육신을 숨차게 달려든 빗줄기를 씻어주고
공손하고 사랑하라 예수님의 큰 향기 내려주신다

이별

거친 폭풍 바다에 몸을 던져
고된 흑기사가 되었었다

부서지는 저 거친 바람
쓸려가는 지친 몸과 마음

바람에 바닷새 날지 못하고
모래알도 울며 흩날린다

소멸된 추억들은 텅 비어서
빗방울이 창문을 두드린다

밖으로 나온 집

은행나무 귀 옆에 칙칙하고 습기 진 곳에
철의 무게 달아 들어간 구석진 모퉁이에
서릿발 날선 곳에 사랑의 꽃씨를 심었다

변하지 않는 그늘진 외진 뒤의 이삿짐은
초승달이 보름달을 수없이 되새김질해도
내리막 막다른 길로 한숨으로 질주할 때

우면산 속에서 선잠 깬 황소가 일어나서
춘궁기 배고픔과 서러움을 지친 몸으로
느껍게 깊은 마음으로 여기로 안아 왔다

오송오송한 꽃들은 바쁘게 뿌리를 내려
거친 물결치듯 하늘에 떠 있는 나뭇잎들이
행복한 구름으로 벙글벙글 떠 웃고 있다.

최홍규 제3시집

가을 도토리

굴참나무 나뭇가지 바람의 모가지에 목매어 살다가
고봉한 사내 몸 귀때기에 아슬아슬 만추에 불안하다

연한 맨살 독립하려 낙하하는 두려운 바위틈 속에
너와 내가 상처를 보듬고 추락은 실신으로 나앉는다

마실 나온 아낙네는 흘끔흘끔 음흉한 저 미소들은
살 연하게 볼록 나온 바위틈으로 재빨리 움켜쥔다

무더위 뒤로 숨죽인 매미 소리는 빠른 세월 뒤에서
비단 구름 뒤편 여인의 비탈길을 도토리여 조심하라

선거

빛깔 고운 꽃으로 유혹하고
혀끝으로 덧칠한 로열젤리 내밀면서

아우성치는 민초들의 가슴속에
희망의 향기로 미래가 넘실거린다

사탕 발린 단물 뺀 많은 공약들은
저잣거리에 핀 이름 없는 잡초이고

뽑아 달라 간절한 목덜미 심줄은
도루묵이 된 자신들을 위한 바람일 뿐

그립습니다
― 노무현 대통령 ―

홀러가는 흰 구름같이
떠돌던 갈바람같이 살아온 삶

뚜벅뚜벅 걸어온 당신의
고뇌와 세월의 삶 앞에서

당신이라고 어찌 가슴 치며
하고 싶은 말이 없으리오

검게 탄 미소로 민초가 되어주신
그 고마운 흔적들은

미래를 향한 둥근 달이 되어서
용서하고 화해하라 거기 서 계신다

네모에 갇히다

갓 태어난 아기의 삶은 천장 네모에 마주치고
가족을 만드는 첫 신혼방도 네모에서 시작한다

신의 영역 사각 TV는 빛으로 세상을 향하여
안방을 무참히 휘젓다가 형상에 묻고 답을 한다

신사임당 네모 인연의 끈을 쥐고 적과 위험하게
동침하고 동굴 지갑 속에서 큰 힘을 자랑한다

숙성된 스마트폰은 불특정한 곳으로 오지랖 넓혀
인연의 끈으로 마지막 사각 속에서 영면한다

잡초의 삶

무섭게 퍼붓는 소낙비
세찬 바람에도
출렁이는 빗줄기 안으로 보듬으며
햇빛 속으로
타들어가는 갈증에도
환한 웃음 꽃등을 켜고 살래요

관심 없는 세상 귀에도
들어주지 않아도
아무도 내 이름을 알아주지 않는데도
눈이 부시도록
하늘 아래서 꼿꼿이 서서
기대지 않고 몸져 눕지도 않을래요

개밥바라기 별

책보 속에 가난을 둘둘 말아 어깨에 메고
집 앞에 다다르면 쏜살같이 달려오는 백구와
손을 잡고 풀냄새 소꼴을 마치고 돌아온다

촉촉한 달빛 가루 하늘 위에 촘촘히 쏟아지며
맨 앞에서 하얀 아기 담장 너머에 별 하나
하얀 이 드러내고 함초롬한 박꽃으로 다가온다

멍석을 깔고서 도란도란 둘러앉아 우리 가족
꽁보리밥을 먹던 부모님과 두 형님 그 백구는
저 개밥바라기 별이 되어 나를 보고 있는 걸까

초가지붕 위 가만가만 가족의 옛 추억 모습이
눈이 부시도록 발끝에 채는 어둠의 생애를
받으면서 점점 더 가깝게 밥상으로 다가온다

발

세월의 낙인 속 무거운 짊어진 채 뭉쳐진 고단함
양 발은 사이좋게 같은 생각으로 길을 향한다

내려진 혈자리 온종일 물러섬 없이 전진의 본능을
직시하고 앞을 향해서 직진으로 길을 간다

켜켜이 쌓인 고단한 인생의 길을 응원하는 흑기사
발을 무겁게 지탱한 뱀의 허물로 벗겨지더니

억겁의 고단한 삶 인생의 길을 응원하는 동반자로
마지막 생까지 의지하며 정직한 길을 향한다

최홍규 제3시집

제2땅굴

철의 삼각지 도피안사 위를 돌아 협곡 위
신록을 잘라 지울 수 없는 탐욕의 자리가
지병같이 덧난 상처의 철조망이 거기 있다

동족을 향한 새싹을 가지 끝을 잘라내고
어둠으로 가려서 나뒹굴어 상처 난 상흔은
파르르 떨고 있는 평화를 향한 위협이다

꼬불꼬불 햇빛 뒤로 숨은 증오의 뿌리는
뻗지 못한 심장을 파고든 출렁거림으로
민족의 혼을 작두로 도려내는 증오함이다

탈구도 없이 젊게 죽은 34명의 새 꽃송이가
피지도 못하고 낙화한 하늘 속 잠긴 산 넋은
피 흘린 가을을 싣고 하늘에 앉아 울고 있다

놀부 삽화

징그러운 못 자국 쇠심줄 질긴 상처 옆 어귀에서
탱자나무 가시 넘어 칭얼대는 까치발이 있다

흥부 선한 손을 되받아쳐 들어가는 틈도 없어
동박새 보냈더니 푹푹 찌는 폭염으로 날아온다

파도 가른 이기심 경치에 움켜쥔 것이 소통인가
큰소리로 귓속에 가슴 조이듯 간절한 방고래는

돌아앉아 수군수군 뿔뿔이 갈 길 가는 뒷모습을
피의 소금 긁어내듯 풀어줄 무르팍은 없는 건가

최홍규 제3시집

바람의 길

아무도 가지 않은 길 희망 한 점 움켜쥔 채
떠올려 보는 것은 낯설고 떨림의 연속이다

넓고 큰 길 위에 떠도는 고독의 방랑자 앞에
가는 길은 끝없이 펼쳐진 갈림의 사색이다

어느 길을 향해도 안개 낀 외롭고 고독의 길
뚜벅뚜벅 발걸음 고난의 생을 깊이 그려본다

빛나던 추억의 그림자는 은빛으로 보듬어서
뿌우연 사막의 먼지를 꼬옥 다문 물을 뿌리고

한곳에 머물지 못할 건조에 훑고 간 흔적들을
떠돌다 지쳐도 희망 한 줌 돛단배에 실어본다

광릉 수목원

수백 년 저리도록 배어나는 묵언의 역사가
비좁은 상처 우듬지 똬리로 안고 등뼈를
빼곡히 뜻을 세우고 장관으로 널려 있다

한때의 부끄러운 역사를 높이 뿜어내듯
피곤한 것들을 침묵으로 헤엄쳐 숲속에서
홀로 깨어나 세조의 큰 곡소리가 들린다

잘못되어 흐르지 못한 인(仁)의 정치가
가지에 걸쳐서 우울한 빛의 무덤 깨어 있는
역사에 걸쳐진 채 형체의 찬바람 절로 인다

저문 숲속에 부는 바람을 하나둘 꺼내서
흐르지 못하는 역사의 그리움을 꽉 보듬고
밤마다 슬픈 마음을 찢으며 달빛에 올린다

가난의 힘

온 힘을 다해서 살아가는 아픈 노을은
가난한 자를 닮아서 뜨겁고 아름답다

내일은 오늘보다 힘들지 않을 거라는
희망을 등에 지고 무두질의 박음이다

넓은 바다 위 밥 한 그릇이 눈물겨운지
뒤주가 녹아내는 징그러운 소리 들었는가

척박한 못 자국 살에 깊게 새긴 문신처럼
가난이 끌고 가야 할 여름밤의 길목이다

뿔

가을바람은 벽과 벽 사이 찬돌에 붙은 채
터를 잡고 가지 않는 더운 바람에 뿔이 난다

너는 아니고 나만이 되는 자지러진 타령 마당
너는 나에게 나는 너에게 양보하라 뿔이 난다

사랑을 펄펄 끓이는 자와 미움을 펄펄 끓이는
자들의 사이에 사랑과 미움들이 서로 뿔이 난다

구들장 불씨같이 매캐한 연기 바람 흔적 위해서
타오르다가 서로에게 재를 내어달라 뿔이 난다

코스모스

눈을 뜬 채 새벽이슬 끌어안고
하얀 이를 다 드러내어
벙글벙글 사랑의 뜨거운 정열의 꽃

헤픈 웃음 둔치를 가득히 메운
연지 곤지 진하게 화장하고
시집가는 누이 볼에 핀 사랑의 꽃

어느 누구든지 뜨거운 품 안으로
설레는 깊게 새긴 마음으로
더위 끝을 화장하는 임의 노래 홍안의 꽃

새벽 단상

빛과 어둠의 중간에서 큰 산이 작은 산을
조용히 깨우는 만상들의 무경계 시간이다

한 조각 품에 안겨 어둠은 어렴풋이 잠겨 있는
물상들을 점점 갓 씻어낸 얼굴들의 시간이다

누가 설계하고 얼개를 짜냈는지 이슬을 털고
어둠은 세상의 뒷길로 빠르게 나서는 시간이다

익숙한 자명종은 가장의 외투를 빠르게 부르고
지친 몸 가족의 볼을 향하는 사랑의 시간이다

최홍규 제3시집

홍어

비리고 짭조롬한 심해의 바닷속을
당당한 지느러미 힘차게 휘이잇 젓다가

천의 다리 옆 포위된 거미줄 망사에
황망히 걸려들어 만신창이 몸을 휘감더니

그 한은 점점 돌연변이로 삭혀져서
몸 던져 발치하다 독한 시큼함이 번지더니

산산이 삭히고 묵혀진 햇살 속을 누비며
울부짖듯 휘젓는 저 한스러운 삶이여

꽃이 지고 나면

햇살이 깃든 벙그는 꽃밭에 밝은 빛이 찾아와 비추더니

등 따가운 뜨거움을 다독이며 하늘로 가는 저 꽃망울들

하늘 위로 호활한 푸른 하늘 틈으로 명지바람 품에 안고

열정을 세워 더 뜨거움으로 사랑의 꽃망울을 노래한다

찬란히 이어지는 함초롬한 아가 웃음으로 힘껏 솟구쳐서

물결 다독인 사색에 피어난 세상을 향한 천사 꽃 임이시여

봄볕 나절 태어난 아가의 웃음을 푸석한 엄마의 머릿결로

꽃 진 자리 슬픈 눈망울 아래로 내려가는 엄마 눈물이여

빨간 양파

발그레 달궈진 몸 통째로 맡기리라
다짐했건만 뒤틀리는 네 마음은
끝까지 나를 의심하다가

함부로 누설 못하는 알몸을 앙칼진
긴 손톱으로 의심으로 끝까지
벗기고 또 벗겨보다가

추호의 변함없는 진실에 울어버린
너에게 손을 잡고 원망을 넘어서
따뜻한 사랑의 몸짓으로

켜켜이 쌓인 맨살 각질을 다 벗기고
으깨지는 불꽃의 아픔에도 언젠가
산화하는 날까지 다 보여주리라

종이컵

삶은 저마다 다 행복할 수 없는 것
서로가 소통하고 인연으로 부드럽고 매끈한
창호지 살결이 되고 싶었다

숨이 막히고 밀봉되어 건조한 한스러움이
졸음과 권태를 휘이 저어서 포위를
벗어나 너와 내가 소통하고 싶었다

수많은 꿈 무참히 조각나는 입술로
쪼록쪼록 다가오는 진한 믹스커피로
쓴맛 단맛 굴리는 삶의 맛을 음미하면서

으깨지고 찌그러져서 단 한 번의 삶을
촉촉함을 끌어안고 미묘한 나의 깜냥은
사멸하는 여정을 떠나고 싶었다

청운사 연꽃

청운사 품에 안은 바람 아래 햇살은
민낯에도 꽃대 위에 살풋거린다

간드러진 목 길게 뽑아 등불을 껴안고
고고한 수줍음 속에 옷깃을 여민다

휘고 도는 옷자락에 하늘은 크게 열려
갈라진 푸른 창파가 크게 일렁인다

순진한 아가의 작은 핑크빛 바위는
갈증을 적셔 줄 자비의 꽃이던가

엊그제 다녀가신 부처님의 뒤안길은
축복의 바람으로 기뻐하라 손 흔든다

최홍규 제3시집

황소의 삶

거북이 등짝이 갈라져 가슴 조이는 사슬은
붉은 뿔을 가뭄에 휘이휘이 씨앗을 뿌리고

바디질 멈출 새 없는 황소 발자국 지나간
뒤축에 생명의 물줄기를 소리 내며 흐른다

온몸이 멍들어 고단한 삶은 가슴에 묻고
까치발 매달린 소똥구리 힘차게 응원한다

코 뚫은 아픔의 멍에는 가족 희망을 안고
날마다 등짐 지고 오고 가던 고된 황소여

커다란 슬픈 두 눈이 반복된 밤을 찢으며
피눈물 삭혀가며 뼈까지 주고 가는 삶이여

청계산 슬픈 영혼들

산 입구 마중 나온 산까치 죽지 올려 배웅하며
새소리 물소리 산들바람 뒤를 따라 오르면서
미륵당 돌아 바람마저 주저앉은 청계산을 오른다

바위에 부딪치는 산바람은 묵은 먼지를 씻고
점점 오를수록 민중의 손 뒤로 숨은 저세상이
슬픔이 놓은 적막을 솔숲으로 불러들인다

돌담길 굽이돌아 북적이는 인파 속에 산 중턱에
훈련 중 전사한 52명 특전사 충혼비 앞에 서면
아픔을 묻힌 채 겹겹이 쌓인 못다 핀 꽃송이들

무거운 허공 짐 내려놓지 못한 적막의 혼령인가
그 옛날 참던 울분은 청계산 지혈에 이글거리며
그 슬픈 역사 한으로 얼룩진 비운한 영혼들이여

가을

팽창이 한층 더 터질 듯 폭소를 터트리며
수줍은 듯 누구에게 잘 보이려고 잘 익은
햇살이 헤픈 웃음으로 벙글벙글 빗질한다

순진하게 더위를 꾸짖으며 찾아온 바람결은
촉촉한 초록을 발효시킨 능수버들 황금물결이
소리 없이 커다란 눈물샘을 감아서 일렁인다

꽃잎 커다란 들국화 핀 길섶 옆 코스모스는
뒤집어 시샘으로 격랑 가득 찬 고추잠자리들이
가을 허리 입으로 꼭 잡고 마실 가자 야단이다

소똥구리

거친 야생 푸석한 엽록소 잡초를 잡고

허겁지겁 독소를 곱게 곱게 채에 거른다

숨 참아 소화시킨 황소의 삶을 던진 자리

올망졸망 배고픈 자식 위해 쌍지 가락 엮어

힘이 부쳐 금이 간 발바닥 상처를 참으면서

배고픈 자식 생각에 밥그릇 힘껏 당겨본다

까치발로 몸을 던지는 소똥구리 뒤꿈치에는

갈라지고 굽어지는 아버지 모습이 다가오신다

어머니

언젠가는 우리 만나지는데 비길 데 없이
슬프고 아리고 그립고 보고 싶습니다

어머니가 안 계시니 벌써부터 축을 잃어
무엇이 옳은지도 모르고 흔들리고 허둥댑니다

눈물은 청솔가지 억지로 타는 매운 연기처럼
굴뚝 속 매캐함마저 힘이 없어 아래로 흐르고

더 많은 효도하고 싶지만 먼저 간 두 형들과
그곳에서 손잡고 가을여행 가고 싶다 하시니

어머니의 뜻대로 보내드릴 수밖에 없으니
효도를 못한 불효의 한이 도랑물로 흐릅니다

최홍규 제3시집

홍시

가는 임 안쓰러움일까 의태의 마음일까
아쉬운 정열 앞에 넋을 놓고 떨고 있다

장딴지 시린 살점이 두려움으로 부산하고
목은 길어져 하루가 찰나인 듯하다

성난 햇빛은 초점을 맞춰서 집중되고
어느새 한 움큼 충혈된 눈물이 고여 있고

서산마루 숲 사이로 아쉬운 노을빛은
어떻게 살아야 저렇게 곱게 늙는 걸까

선바위

햇살 익은 등 언저리 둥지 틀어 머물고서
산맥 넘은 명지바람 풀무질을 재촉할 때
틈을 비집어 아래로 귀를 대고 내려온다

양재천 아우라지 감싸 안은 나릿물을 트고
산수화 꽃 피는 바람 소리 들춰내는 몸뚱이
잰걸음 찢어진 새의 무리 산까치 동행한다

산자락을 얼싸안고 뼈마디 굳어진 무르팍은
붉은 노을 햇살 한 줌으로 등불로 내려와서
상처 보듬고 곧게 뿌리내려 이슬이 응원한다

흔들리는 산허리 움켜쥔 깐깐한 저 그림자는
선잠 깬 소쩍새가 별 하나 우려내며 날아서
푸른 기지개 되새김에 희망의 소리 드높인다

보석

구멍 난 잿빛 손수건 질끈 동여매고
함지박 생선을 넘치도록 머리에 이고

평생을 새벽 별을 보고 나가셨다가
별을 보고 비탈길로 들어오신 뒤안길은

지친 몸이 바지랑대 머무는 순간에도
뱀의 눈빛 같은 불씨를 힘껏 파묻으며

자식을 향한 애절한 보석을 고이고이
남기시고 가신 아! 우리들의 어머니여

상고대

앙칼져 날 세운 유리 벽 사이 매서운 칼바람
실업의 그늘 뒤에서 신음하는 가장의 옆에는
한 여인이 기도하며 하얀 소복으로 달려온다

첩첩산중 날짐승은 숨죽여 뒷짐을 지고서
설옷에 헐벗은 앙상한 가지에 간절히 붙어서
거치른 외마디 소름 돋쳐 덜덜 떨고 있다

서러운 눈물샘은 태양빛 앞으로 다가와서
잰걸음 식은땀으로 눈꽃의 화음에 맞춰서
저물 녘 눈보라 휘감아 팔 하나 부러뜨린다

매듭을 풀어 감싸 안은 숲의 적막 부서져서
돌 부빈 삶에 물러설 수 없는 사내의 희망은
푸른 새싹으로 돋아나 환한 얼굴을 그려본다

삐비꽃

생명 다하는 육살 단물의 비명의 몸은
곧게 밀치고 산기슭을 지켜왔다

찬 이슬에도 꼿꼿이 길을 내주지 않고
어둠을 벗기며 아침을 지켜왔다

밟히고 잘리는 아픔을 한 치도 비굴하지
않고 기대지도 않으면서

은막의 언덕 위로 고단한 함지박을 이고
누님이 되신 은빛의 꽃이여

벼랑

숲을 빠져나와 푸른 바다를 목에 걸고서
고단한 세상의 삶을 허리 속에 동여매고
바람도 섶을 열어 앞서가는 희망 문으로

휘어져 후려치며 꺾이고 차이는 아픔들이
내 몸은 이미 조개껍데기 곧추세운 삶이여
무너지지 않는 당당함으로 직립하고 싶다

칼바람에 멍이 들어서 허물어진 눈시울은
평탄한 바다와 금간 내 생 언저리 곁으로
다가오는 파도를 보듬고 희망을 걸어본다

개(犬)

은닉한 자세로 밤새도록 잠 못 이루고도
질펀한 밥 한 그릇 비우고 부러져라 좋아서
꼬리를 힘껏 흔든다

정의가 다 이기지 못하는 세상을 송곳니를
힘껏 저어서 절규로 허공에 목 터져라
힘을 다해서 짖어댄다

용기 있게 게거품을 물고 순발력을 발휘하고
이빨을 숨기고 어금니 꽉 차게 물고서
참고 또 참고 살아간다

사금파리 살갗을 후벼파는 귀양살이 내 삶은
허어연 내 눈동자가 지쳐서 흐려져도
좋았던 옛 추억으로 살아간다

꽃무릇

하늘에 주술이 각혈하듯 불가마 저세상에
묵은 산에 발그레 주렁주렁 걸어 놓는다

누군가 저 산속에 불잉걸을 부어 놓았을까
올 수가 없어도 감당 못하여 피어난다

온천지가 열정으로 붉게 물든 저 붓 터치에
빨간 입술 걸려들면 흰 구름도 빨개지고

매운 침묵 꽃길 향해 상상하는 긴 입술은
천년 묵은 산등성에 붉은 피를 걸어 붓는다

눈 내린 산속에서

깊은 산골 두려움 없이 눈이 내린 숲속에서
사슴 한 마리 천천히 걸어와 아무 말 없이
똘망똘망한 눈망울로 쳐다보고 있다

엄마가 떠나실 때 저 사슴의 눈망울처럼
수정같이 맑은 눈물이 가득 고인 눈으로
뚫어지게 나를 쳐다보셨었다

저세상에서 엄마가 사슴 눈으로 살며시 다가와
치열하게 살아가는 자식을 위한 맑은
눈물을 사슴 눈으로 내려주신다

중년이 되어

아득한 듯 공허한 세월이 나를 재촉하고
나는 세월을 애절하게 부러뜨린다

가지 마라 손 내밀면 저만치 있고 만족 못 한
고적함은 눈가로 내려온다

뜨거움은 다 식어 바람처럼 스치고 다 된 듯
아쉬움은 한숨으로 밀려온다

자상하게 들려주던 핏물 밴 알곡들은 빼곡하게
한숨 짙어 주름살이 거뭇하고

꿈과 청춘이 술잔에 맴돌아 되뇐 추억들이
차오르는 외로움은 건반처럼 깊어간다

사무실에 들어오면

어둠을 벗기는 돈은 아침 햇살들이 머리채 푼 볕을
옹글게 꿈꾸며 이곳에서 30년을 펄펄 끓이고 있다

문을 열고 들어오면 짱알짱알 집기들이 인사하고 졸던
벽시계는 1초 단위로 귀하게 쓰라 목소리 드높인다

찰나의 불빛은 침묵의 살점을 공간을 환하게 바꾸고
뜨거운 믹스커피 피곤함을 좌충우돌 휘저어 풀어준다

일상의 목구멍 채운 어설픈 난쟁이 삶의 어깨 위에
잔영 같은 순한 보석의 얼굴이 높고 힘차게 채워진다

아버지와 아들

어릴 적 아버지는 거대한 산인 줄만 알았다
산만 보이고 산속에 위험한 협곡이 있는 줄은 몰랐다

어느 날 아들이 가야 할 저 협곡 앞에서 나를 느껍게
힘껏 끌어안아서 손을 꼭 잡고 용기를 주셨었다

넓은 저 바다도 이 바위의 고통스런 심장을 지나서
장강을 지나서 짠내 나는 저 큰 바다가 되었으리라

힘없고 허리 굽은 아버지는 산속에 위험한 협곡으로
점점 쫓기고 있다는 걸 나는 늦게 알았고

육십 밑줄 산등을 업고 돌아보니 저기 푸른 군복을 입은
아들이 내 뒤를 졸졸 따라오고 있다

12월에 핀 꽃

12월의 꽃은 광화문 황소 무릎 밑에서 시작됐다
수백만이 웅숭깊게 퍼져오는 촛불 함성 너머로
민생의 응어리진 왜자의 구호 깃발이 한창이다

화단을 밖으로 밀어서 나무 옆 가로수를 세우고
부동한 장단에 멈춰 선 채로 군중들도 홍얼홍얼
흘레바람 발 묶인 차벽 옆 꽃 편지가 떨고 있다

추위 앞에 걸려 있는 애꽃은 저기 장미 꽃다발은
저녁 도시를 탐하는 꽃향기로 가슴이 뭉클하고
허공 속에 응어리진 함성소리 귓전이 멍멍하다

꼬리 문 민초의 함성에 놀라 땅꽃이를 뒤흔들리며
몸 던진 뜨겁게 불사른 흰 구름 사이로 씻고 나면
추위를 지난 후에 민초에도 서정의 봄은 오겠지

최홍규 제3시집

숲이 춤을 춘다

지독한 가뭄을 거부하는 저 손사래를
숲속에 들어온 자만이 볼 수 있는 장관이다

밤송이에 종기난 바람벽은 퇴각하는 구름 귀로
출렁이는 기쁜 웃음이 함성으로 들려온다

싸여진 묵은 먼지 날짐승 발바닥이 털어내고
꿈틀거리는 생명 산야에 손짓으로 두들긴다

늘메기 같은 가풀막 길가 능선 따라 흠뻑이 젖고
장침 맞은 숲속 길이 덩실덩실 춤을 춘다

비

구름은 발을 구르고 바람은 소리 지른다
자식을 기다리는 세상을 꿰매는 부모 마음
아픔 든 물상이 마른 구름으로 떠 다닌다

구순한 생물의 솜털을 스치는 낡은 비는
나뭇가지 알몸에 눈뜨는 저 소리를 듣고
누군가가 먹구름에 아픈 큰 침을 꽂는다

가족이 마주 앉아 딸그락거리는 아침 밥상은
행복을 마주치는 아이들의 장단 드럼 소리로
생명선 불러오는 비바람 노랫소리 일렁인다

할머니

까마귀 날던 고개의 꿈을 꾸시던 언덕에서
깊은 고쟁이 허리 속을 다 동여매시더니

흐트러진 머리칼로 고샅길 힘겨워 오르시다
높은 잿빛 하늘을 호미로 세상을 매고 있다

누운 길을 걸어가신 정 많았던 우리 할머니
오는 길을 아득히 잊으셨나 생무릎 저 밀고

애처로운 앵두 잎 몇 장 남은 저고리 뒤란에는
젖 먹던 힘을 다해도 할머니 오시질 못하시나

평생을 허리띠 졸라매고 허기진 맨발로 사시다
이빨 빠진 바람길에 헛디뎌 늪 길로 떠나셨다

뱀딸기

졸졸 흘러가는 논배미 언덕 위 풀밭 머리 위에

가리지 않고 습기 진 그늘 옆에 뱀딸기 모여 있다

옹기종기 모여서 발그레 익어가는 뜨거운 울림은

그늘져 검게 탄 저 아이 배고픔이 모여서 익어간다

발걸음 맨발로 옮기지 못한 채 우두커니 보다가

아무도 먹지 않는 뱀의 양식이고 나의 배고픔이다

홑적삼 붉게 젖힌 꼭지 빨던 추억이 여기에 있다

바람꽃

긴 기다림 끝에 목 타는 저 욕망은
한정된 시간을 던져놓은 초가을에

흰 얼굴로 함초롬히 홀로 앉아서
햇살을 짚고 초벌 화장 한창이다

완성을 위한 그리움의 큰 꿈들은
이리도 애타게 절박한 그리움일까

시린 임을 위한 욕망의 심장들은
애잔케 핀 미끼 같은 작은 꽃이여

장미꽃

건조한 가뭄에 흠뻑 비 맞은 장미는
은비늘 반짝이는 꽃잎들 사이로
꽃놀이에 짐 싸기가 한창이다

애벌 햇살 감질나게 내뿜는 향기는
임을 부르는 웅어리진 아픈 맘을
어찌 다 헤아릴 수 있을까

하늘나라 먼저 가신 두 형들의
볼을 닮은 탐스러운 저 하늘에서
갈고리 보낸 가족을 위한 향기일까

알뿌리 내려놓은 구릿빛 장미 줄기
풍파에 시달려 피운 인고의 형상을
어찌 다 헤아려 말할 수 있을까

초승달

거친 비탈길을 베고 누운 고향의 골목길 옆에
다 달아 빠져 꺾어져서 낫이 하늘을 베고 있다

척박한 초가집 저녁은 또다시 잠들지 못하고
문고리 흔드는 냉기는 가슴팍이 저려 온다

까만 추억은 중앙 위 쪽에 타투가 되어 있고
달빛 아래 누운 배 허기진 맨발의 보릿고개에

거칠고 늙은 머릿결 흩어진 발자국 자리에
하늘 위에서 새우등이 초승달로 걸려 있다

최홍규 제3시집

봄을 수배한다

씨앗조차 위험하게 할퀸 건조한 숲속들이
춤을 추며 가슴속 껴안은 숲이 언제였을까
새의 죽지에서 허공을 퍼덕이며 흩날린다

짙은 꽃 푸른 숲은 처절한 갈증에 신음하고
물기 없는 산 골짜기가 날카롭게 투쟁하는
여러 짐승들의 눈매에서 날카롭게 응시한다

비명의 껍질이 처져서 모두 다 누워 있을 때

모든 것을 다 도려내려는 새뚱이 산불이
수평의 가지로 뻗어 있는 나무와 생명들을
푸른 창공으로 재가 되어 까맣게 불사른다

아! 언제쯤 바람 속 향기가 울려 퍼지도록
언제 다시 푸르름이 솟구쳐 뻗어 올라올지
부슬대는 비는 언제 오려나 한숨 달려온다

최홍규 제3시집

카톡

손끝에 부활한 근력 좋아진 글자를 만들어서
콩깍지 속을 힘차게 튀어나올 힘 있는 몇 글자

한 자씩 살 내음 비벼가며 맨살을 껴안고서
내 깜냥 부푼 그리운 옥의 글자를 빗질한다

징검다리 곱게 놓아둔 듯 신호등 건넌 글은
공룡알 곱게 곱게 그대에게 칸칸이 쌓여 달려가

하얀 꽃의 모가지 향수 발라 글을 보냈지만
길을 잃어 뱅뱅 돌아 오지 않는 그대의 카톡

그루터기

몸뚱이 잘려 나간 둥지를 허공 속에 틀고
숨죽인 바람 곁가지를 꼬오옥 얼싸안아서
찬 땅 귀를 대고 생명 소리 봄을 기다린다

흘레바람 찬 틈을 비집어 세차게 오듯이
다른 삶 길을 찾는 소녀 가장 어깨에도
힘겹게 살아가는 여린 등불이 여기 있다

소용돌이 차가운 손 내미는 저 음률을
얼마나 서러움을 돌고 돌아야 하는 걸까
여기저기 부딪쳐서 가보지 못한 이 삶은

매서운 칼날 추위 맨살 몸뚱이 부비면서
한결같은 희망 하나 등불을 간절히 내걸고
흔들리는 삶 길에 바람 막는 간절함이여

빵 굽는 남자

설 땅도 없이 묵은 먼지가 박힌 공장에서
파랗게 멍들어 돋는 내 몸의 열꽃이 있다

바람에 날리는 속살 흰 가루 깊은 동굴에
가난을 떨구고파 혼이 빠지도록 믹싱하여

많은 날을 불에 달구고 뜨거움을 식히고
살기 위해서 노오란 빵을 구워야만 했다

이스트 힘을 빌려 큰 덕을 만들고 노오란
내 삶을 희망에 높은 산을 만들어 놓고서

생살을 화염으로 박차고 나와 불꽃 밖으로
찢고 나와서 불의 흔적 홀연히 살아간다

최홍규 제3시집

새

날개에 익은 길을 따라 새의 한가로움은
스스로 처절하게 노력한 큰 자유로움이다

하늘이 보이는 숲속에서 별과 장단을 맞춰
깃털 속에 묻어둔 허공 속 여유는 행복이고

휘어져 굽은 둥지에 잔가지 깃털을 곱게 깔아
명곡의 노랫소리 사랑을 잉태한 알이 되어서

날갯짓 활활 펴고 뒤뚱거리는 몸짓 행간으로
세상을 높고 넓이 보려는 잔잔한 저 몸짓은

바람을 가르는 높은 울타리 없는 허공에서
아귀를 맞추고 점점 동그란 행복을 만든다

꽃이 지고 나면

호박꽃

외진 담 밑에 하얀 이 다 드러내고 웃는 것은
만추의 풀향을 음미하는 임을 향한 그리움이다

팽창된 볼이 터지도록 자지러진 절정의 헤픈
웃음은 한층 더 부풀리는 임의 그리움이다

캄캄한 저녁에도 노랗게 웃고 있는 것은
환한 별처럼 포근한 엄마 품의 그리움이다

숫기 없이 땅에 꽃을 피워 포근하게 잘 익은
늙은 호박은 엄마 품을 베고 싶은 그리움이다

고향 강가에서

― 동진강 ―

호젓한 꼬리 저으며 한세상 도도히 흘러가는 동진강

휘감는 물결 위에 도도히 흐르는 저 비늘 물결들이

서해안 갯벌의 지도가 바뀐 줄도 모르고 묵묵히 흐른다

잔잔한 노을은 녹음으로 배경 삼아 어스름이 번져가고

맘껏 흐르지 못한 동진강 저리 물살로 힘을 키우는가

혼자서 야위어가는 물갈퀴는 속절없이 올곧게 흘러가서

당찬 허리춤을 크게 열고 찰박거리며 기수역을 향하고

가슴 파랗게 열고 붉은 해가 껌벅이는 빛으로 흐른다

겨우살이

칼바람 둥지에 모여 서로를 틀어 안고
비바람 얼싸안아 허공을 바라본다

윙윙대던 겨울 가지 멀고 먼 저 희망찬
봄의 소리를 귀를 대고 들어본다

고치가 된 이 몸은 바람을 비집기 위한
또 다른 시련에도 새 꿈을 꿔본다

올려진 햇살 한 줌 등불로 내 걸고서
박제가 되어도 포기 못하는 내 꿈이던가 .

위대한 탄생

― 조용필 ―

거친 삶을 짜노라면 곤하고 슬프고 기쁜 일들을
잉아로 틀을 만들어 생기 속 만상들이 춤을 춘다

음률 속 허울과 정돈을 벗고서 뼈마디 저만치서
불빛 당긴 화음은 거친 삶들을 녹아서 흐르고

하늘과 산 물을 곤히 잠재우고 홀로 부른 열창은
빈 가슴 힘껏 당겨서 세상 발걸음을 멈추게 한다

만 갈래 저 소리 뼈마디 파고든 하늘 빛 향기는
영혼이 부딪치는 음성이라 모두가 합창한다

두부

무거운 어깨를 지던 아버지의 새벽은 더 일찍 찾아온다

오래도록 살아온 평온한 소금의 삶은 간수로 녹아내리고

톡톡 튀는 신들린 콩들을 포위망 맷돌에 속에 다 가두고

모락모락 세상을 향했던 천사의 미소 띤 저 앙금덩어리

하얀 몸 내주어 배를 가르면 사각 얼굴로 세상에 나온다

부드러움은 강직함을 이기듯 남의 몸에 속살을 내어주고

딱딱함을 모질게 참아서 뿔의 각을 누른 천사의 삶이다

나의 졸시는

발가벗고 세상에 나와서 천사가 되고 악마도 된다

잠든 나를 깨워 붉은 얼굴을 보이게 하는 시간이고

삶 자체가 시가 되고 자연으로 돌아가는 운화이다

작은 쪽배로 떠 있는 외로운 사형수가 된 느낌이여

못난 나를 다시 깨우고 침 발라 꾹 눌러 시를 쓴다

내 영혼만이 볼 수 있는 소통의 많은 언어 소리가

나의 숨결 나의 자전으로 세상을 향해서 노래한다

허무를 반복하고 연습하는 혈관이 다른 이로 전달되는

점에서 태어난 생명이 신비롭게 갈고닦은 자연이다

최홍규 제3시집

추측(推側)

우주는 추와 측을 통해 끝없이 생동한다
기(氣)를 통해 다가오는 소통의 길을 열고
추측의 희망으로 빛을 향하여 살아간다

경험적 율동의 것과 직접적인 것의 추와
생의 이성의 것과 헤아리는 측이 공존하고
만물의 삶을 좌우로 끊임없이 운화한다

처음은 시작하여 끝을 귀하게 헤아리면서
가깝게 있는 것을 먼 곳을 소중히 여기며
천하게 있는 것을 귀한 것으로 율동한다

객관과 주관을 추측하여 발전하며 끝없이
자신들의 앞길을 훤히 넓혀가는 공존에서
인간만이 확장해 나가는 추측의 생동이다

꽃이 지고 나면

골목시장

각질 벗겨진 오래된 좁은 시장 앞에
졸고 있던 간판들이 어둠을 끌고 온다

다닥다닥 곁눈질로 차려진 가게 앞은
좌충우돌 몸뚱이가 비좁게 붙어 있고

퍼부어 호객하며 돈을 세는 손놀림은
퍼덕대는 물건들이 앞다퉈 다가온다

수북하고 옹색하게 얹혀놓은 물건들이
일렬횡대 줄을 서며 희둥구레 부산하고

해 넘어가는 목젖은 세월만큼 닳는 걸까
땅거미 지는 소반에 오 첩 밥상 다가온다

시평

자아 인식과 생명의 상보성, 그 진실

최홍규 시집 『꽃이 지고 나면』

김송배 / 시인, 한국문인협회 전 부이사장

1. '나의 숨결'과 시와의 소통을 위한 정의

헌대시의 흐름이나 경향은 대체로 자아를 인식하기 위해서 자기를 성찰하면서 새로운 상상력으로 이미지를 재생하고 거기에서 소재나 주제를 창출하는 시법을 간과(看過)할 수 없는데 이는 한 인생이 살아온 삶의 궤적(軌跡)에서 추억하는 불망(不忘)의 사연들이 창조적으로 생성되어 한 편의 시를 탄생하게 하는 것이다.

이러한 과정에는 우리 인간들이 간직한 희로애락(喜怒哀樂)의 칠정(七情)에서 자신의 존재를 인식시키는 정서나 사유(思惟)를 확대하여 시적 진실을 탐구하는 상황을 설정하거나 전개하는 방법을 선호(選好)하는 경향을 이해할 수 있게 한다.

여기 최홍규 제3시집『꽃이 지고 나면』을 일별해 보면 그가 천착하는 시 정신은 '나'를 좀 더 확인하는 자아의 성찰에 상당한 비중을 두고 다양한 현실과의 화해나 융합을 시도하는 시법에 우리들의 안목(眼目)을 집중시키고 있다.

그는 이미 '자서(自序)'에서 '시는 나의 인생에서 진정으로 허무를 연습하는 탄생이고 신비와 창조를 번갈아가는 천사이기도 하고 나를 괴롭히는 악마이기도 하다'라거나 '나만의 자각과 반성의 표시로 쓰는 울림이기도 하다' 그리고 '시를 쓴다는 것은, 나의 숨결이고 나의 자전의 노래이기도 하다. 잠든 나를 깨우고 나 자신을 뒤돌아보는 것이 시를 쓰는 첫 번째 목적이다'라고 천명(闡明)하고 있어서 그의 내면 풍경에 각인된 진실을 이해하게 된다.

발가벗고 세상에 나와서 천사가 되고 악마도 된다

잠든 나를 깨워 붉은 얼굴을 보이게 하는 시간이고

삶 자체가 시가 되고 자연으로 돌아가는 운화이다

작은 쪽배로 떠 있는 외로운 사형수가 된 느낌이여

못난 나를 다시 깨우고 침 발라 꾹 눌러 시를 쓴다

내 영혼만이 볼 수 있는 소통의 많은 언어 소리가

나의 숨결 나의 자전으로 세상을 향해서 노래한다

허무를 반복하고 연습하는 혈관이 다른 이로 전달되는

점에서 태어난 생명이 신비롭게 갈고닦은 자연이다

- 「나의 졸시는」 전문

최홍규 시인은 '나를 깨우고', '나의 숨결 나의 자전'이라는 말과 '내 영혼'이 '소통의 많은 언어'로 '세상을 향해서 노래'하는 '삶 자체가 시가' 된다는 그의 시 창작의 소회(素懷)를 자상하게 밝히고 있어서 우리들을 공감하게 한다. 그는 결론으로 적시한 '허무를 반복하고 연습하는 혈관이 다른 이로 전달되는 // 점에서 태어난 생명이 신비롭게 갈고닦은 자연이다'라는 인생 성찰의 어조(Tone)가 그가 지향하는 시의 행방을 조감(鳥瞰)할 수 있는 시법임을 이해하게 된다.

일출의 장엄함이 아침 내내 계속되지 않듯이
세상 속 모든 것들은 지나간다

모든 생명체는 비와 흙을 비벼 먹고 살다가
흙으로 돌아가기 위해 또 지나간다

사라지지 않는다면 생명이 탄생할 수 없는 것
이것이 삶 속의 참된 진리이다

일몰의 아름다움은 찰나의 모닥불이듯
한밤중까지 계속 이어지질 않듯이 지나간다

- 「모든 것은 지나간다」 전문

그렇다. 최홍규 시인의 시에서는 이처럼 '생명'이 곧 '삶 속의 참된 진리'라는 심중(心中)의 깊은 의지가 진실로 형상화되고 있다. 그러나 그는 이런 '생명체'도 일출이나 일몰과 같이 '찰나의 모닥불' 같은 시간성과 동행하면 '모든 것은 지나간다'라는 어조로 성찰과 참회의 인생론을 적시하고 있다.

일찍이 프랑스의 비평가 로맹 롤랑(Romain Rolland)은 "생명만이 신성하다. 생명에의 사랑이 가장 첫째가는 미덕이다"라는 생명에 대한 예찬으로 평화보다도 생명을 중시한 바 있다. 그와 같이 최홍규 시인도 '또 지나간다'라는 생명의 소멸에 대한 긍정으로 수용하는 심리적인 현상을 통해 흙과의 윤회를 현현하고 있는 것이다.

이와 같이 최홍규 시인은 이 생명('나의 숨결')과 시와의 상관성을 그의 내면에 확고한 주제로 승화함으로써 시와의 소통을 통해서 인간의 진실(혹은 시적 진실)을 탐색하는 그의 시관(詩觀)이나 시 정신을 공감하게 하고 있다.

2. 삶과 동행하는 애환과 기원의 의식

최홍규 시인은 다시 삶의 문제에 많은 시적 탐구를 할애하고 있다. 그가 설정하는 시적 정황(Situation)은 삶에서 절감(節減)하는 다변적인 현실 상황들이 적나라(赤裸裸)하게 발현된다는 점에서 심리적인 마력(魔力)이 분사(噴射)되고 있는데 여기서 그가 체험한 인생의 단면들이 작품으로 형상화하고 있음을 알 수 있다.

그는 '온 힘을 다해서 살아가는 아픈 노을은 / 가난한 자를 닮아서 뜨겁고 아름답다(「가난의 힘」 중에서)'라거나 '무섭게 퍼붓는 소낙비 / 세찬 바람에도 / 출렁이는 빗줄기 안으로 보듬으며 / 햇빛 속으로 / 타들어가는 갈증에도 / 환한 웃음꽃등을 켜고 살래요(「잡초의 삶」 중에서)'라는 등의 시를 통해 삶과 동행하는 애환을 진솔한 정감으로 발현하고 있다.

나는 보았네, 그가 심한 고열로 흘렸을 수많은
눈물과 어둠을 삼키며 보냈을 진한 어둠의 날들을

삶은 환한 불을 켜고 열광할 때 가장 위태로운 것
탓하지 말고 한층 한층 더 튼튼하게 쌓아 올리자

어둠이 깊다고 날이 새지 않는 것을 보았는가
꽃이 지는 것은 열매를 위한 것 곡선을 준비하자

절망의 눈물은 문 밖으로 밀어내고 따뜻한 햇살
불러들여 링거 줄에 흐르는 가족의 피를 생각하자

지금 손에 쥔 것들은 날아갈 한 줄기 바람일 뿐이고
덜 여문 곡절 눈물이 보석을 만듦을 잊지 말자

－「패자에게 박수를」 전문

꽃이 지고 나면

최홍규 시인이 인식한 삶에서의 '패자'에게는 '눈물과 어둠'이 상존하고 있지만 그것들에게 '박수'를 보내고 있어서 이채롭다. 그 '어둠의 날들'과 '절망의 눈물'을 '나는 보았네'라는 화해의 손짓으로 위무(慰撫)를 하고 있는데 여기서 그가 지향하는 삶의 범주(範疇)에는 '어둠이 깊다고 날이 새지 않는 것을 보았는가'라는 새로운 각오의 심경이 있음을 이해하게 된다.

이 '어둠'에 관한 시편들은 그의 절망적인 심리 상태의 발현인데 '어둠은 세상의 뒷길로 빠르게 나서는 시간이다(「새벽 단상」 중에서)', '어둠을 벗기는 돋은 아침 햇살들이 머리채 푼 볕을 / 옹글게 꿈꾸며 이곳에서 30년을 펄펄 끓이고 있다(「사무실에 들어오면」 중에서)' 그리고 '각질 벗겨진 오래된 좁은 시장 앞에 / 졸고 있던 간판들이 어둠을 끌고 온다(「골목시장」 중에서)'라는 행간과 같이 그에게서 이 '어둠'은 삶의 한 단면으로서 생(혹은 삶)의 지표로 깊이 새겨두는 경구(警句)라고 할 수 있을 것이다.

그리고 그는 결론으로 제시한 마지막 연에서 '지금 손에 쥔 것들은 날아갈 한 줄기 바람일 뿐이고 / 덜 여문 곡절 눈물이 보석을 만듦을 잊지 말자'라는 태도를 보인다. 여기에서 지금까지 지친 삶에 대한 극복의 의지를 발현하고 있어서 공감의 영역을 확대시키고 있는 것이다.

이처럼 최홍규 시인의 슬픔의 현장은 침묵이나 기다림으로 일관하고 있다. '목마른 사각 논배미의 기다림은 (중략) 숨죽인 도랑물의 눈빛은 슬픔으로 / 댓놀로 향하며 창궐하는 침묵이다(「도랑물」 중에서)'에 드러나는 어조에서는 '어둠의 벽'을 허물고 '고된 삶'과 '갈색 빛의 삶(이상 「시간 위에서」 중에서)'을 극복하면서 앞으로 도래(到來)할 미래를 향한 인내의 정감이 현현되고 있다.

숲을 빠져나와 푸른 바다를 목에 걸고서
고단한 세상의 삶을 허리 속에 동여매고
바람도 섶을 열어 앞서가는 희망 문으로

휘어져 후려치며 꺾이고 차이는 아픔들이
내 몸은 이미 조개껍데기 곤추세운 삶이여
무너지지 않는 당당함으로 직립하고 싶다

칼바람에 멍이 들어서 허물어진 눈시울은
평탄한 바다와 금간 내 생 언저리 곁으로
나가오는 파도를 보듬고 희망을 걸어본다

　　　　　　　　　　　　　　　－「벼랑」 전문

　　　　　　　　최홍규 제3시집

한편 이러한 '벼랑'의 삶에서도 한 줄기의 희망을 탐색하고 있다. 그는 삶의 애환에서 생성한 기원의 의지를 표면화하고 있는데 '휘어져 후려치며 꺾이고 차이는 아픔들이 / 내 몸은 이미 조개껍데기 곤추세운 삶이여 / 무너지지 않는 당당함으로 직립하고 싶다'라는 의지로 '고단한 세상의 삶'에 대한 기원을 승화하고 있어서 그에게 있어 '희망'이라는 인내로 심경이 전환되고 있음을 이해하게 된다.

그가 '벼랑'이라는 낭떠러지의 아주 위험한 언덕으로 삶을 비유한 것은 평탄하지 못한 인생 행로의 형태를 나타내고 있으나 그 아슬아슬한 위험에서 탈피하고픈 그의 여망이 잘 현현되고 있어서 작품의 효과를 흡인하고 있음을 엿보게 한다.

그는 다시 작품 「종이컵」에서도 '삶은 저마다 다 행복할 수 없는 것 / 서로가 소통하고 인연으로 부드럽고 매끈한 / 창호지 살결이 되고 싶었다'에 '싶었다'라는 과거형 보조형용사를 사용하여, 그의 심중에 잠재해 있는 그가 기원하고자 하는 다채로운 삶의 행방을 적시하고 있는 것이다.

최홍규 시인의 기원 의식에서는 '너와 내가 소통하고 싶었다'거나 '사멸하는 여정을 떠나고 싶었다'라는 등의 간절한 의식의 흐름을 이해할 수 있는데 이는 그가 삶에 대해 갖고 있는 원대한 의미가 바로 생명성과 직결하는 인생의 가치관 설정과 전개에서 소망하는 하나의 형태라고 할 수 있을 것이다.

3. '그리움'의 원류는 '공허한 세월'이다

　최홍규 시인은 삶에서 동행히는 또 하나의 골 깊은 사유가 작품 속에 침잠(沈潛)해 있다. 그것은 바로 어쩔 수 없이 감내(堪耐)해야 하는 '그리움'이다. 이 그리움의 생성 원인이나 경로는 개개의 환경이나 사유의 방식에 따라 차이가 날 수 있지만 대체로 인간의 심리작용에서 생성하는 순정적 영혼이 깃든 생명수이거나 반대로 우수(憂愁)의 허탈이 동반하는 생의 한 과정이라고 할 수 있을 것이다.

　'삶을 이끄는 또 다른 길을 찾아서 / 그리움들이 널조각으로 걸쳐간 듯이 // 네 그리움이 징검다리 놓아둔 듯한 / 희미한 그 무엇이 거기에 서 있다(「건널목」 중에서)'라는 시구에서처럼 이것이 삶을 형상화하는 '징검다리'의 사물적 이미지와 같은 상관성을 갖게 한다.

아득한 듯 공허한 세월이 나를 재촉하고
나는 세월을 애절하게 부러뜨린다

가지 마라 손 내밀면 저만치 있고 만족 못 한
고적함은 눈가로 내려온다

뜨거움은 다 식어 바람처럼 스치고 다 된 듯
아쉬움은 한숨으로 밀려온다

자상하게 들려주던 핏물 밴 알곡들은 빼곡하게
한숨 질어 주름살이 거뭇하고

꿈과 청춘이 술잔에 맴돌아 되뇐 추억들이
차오르는 외로움은 건반처럼 깊어간다

- 「중년이 되어」 전문

최홍규 제3시집

여기에서 그는 '공허한 세월'을 이미지로 등장시킨다. '아득한 듯 공허한 세월이 나를 재촉하고 / 나는 세월을 애절하게 부러뜨린다'라는 그의 외적인 형상은 '중년'이라는 세월의 변화와 동시에 엄습하는 '뜨거움 다 식어버린 바람'이며 '한숨 짙은 주름살'이 바로 '고적함'과 '아쉬움'과 '외로움'으로 전이(轉移)하고 있어서 그가 현재 사유하는 시적 상상력 중심에는 인생의 그리움이 잔존(殘存)하고 있음을 이해할 수 있게 한다.

그는 다시 '마음은 언제나 그곳에 몸이 있다는 것들을 / 깨달은 삶은 엉겅퀴 피는 그리운 달빛이고 // 캄캄한 그리움은 대낮으로 마음을 닦으며 / 밤낮으로 불빛으로 몸을 닦으며 살아간다(「내 고향 김제」 중에서)'라는 부분에서도 '그리움'의 진원지가 어디이며 원류가 무엇인가를 짐작케 하는 이미지를 창출하고 있다.

긴 기다림 끝에 목 타는 저 욕망은
한정된 시간을 던져놓은 초가을에

흰 얼굴로 함초롬히 홀로 앉아서
햇살을 짚고 초벌 화장 한창이다

완성을 위한 그리움의 큰 꿈들은
이리도 애타게 절박한 그리움일까

시린 임을 위한 욕망의 심장들은
애잔케 핀 미끼 같은 작은 꽃이여

－「바람꽃」 전문

최홍규 제3시집

최홍규 시인은 「바람꽃」이라는 시에서도 '긴 기다림'과 '한정된 시간'이라는 대칭적 어조와 '완성을 위한 그리움의 큰 꿈들은 / 이리도 애타게 절박한 그리움일까'라는 의문형의 어법(語法)으로 '절박한 그리움'을 형상화하고 있는데 이는 애잔하게 핀 작은 꽃이 적시하는 이미지는 우리 인간들의 삶과 무관하지 않은 그리움의 한 대목임을 명민(明敏)하게 보여주고 있는 것이다.

그는 다시 '언젠가는 우리 만나지는데 비길 데 없이 / 슬프고 아리고 그립고 보고 싶습니다 (중략) 효도를 못한 불효의 한이 도랑물로 흐릅니다(「어머니」 중에서)'라는, '어머니'에 대한 불효의 그리움의, 애타는 모정(母情)이 넘치는 시구(詩句)를 우리 독자들의 정감을 이입(移入)시키는 촉매제로 현현하고 있다.

또한 '높은 산 깊은 계곡 기척 없는 형제 우애는 / 씀바귀보다 더 쓴 그리운 달빛을 우려내며 / 무한으로 찢기지 않는 박음질한 넝쿨이여(「아버지와 작은아버지」 중에서)'라는 형제애에서 나타나는 '그리운 달빛'이나, '하늘 땅 기를 모아 천수를 소망하며 / 세월의 큰 힘에도 강녕하시길 소망한다(「아버지의 팔순 케이크」 중에서)'에 드러나는 어조나 시적 상황들은 최홍규 시인이 그의 심중 내면에서 생성하는 애잔한 그리움의 원류가 되고 있다. 그는 어머니를 비롯한 아버지, 할머니 등 부모들에 대한 효심(孝心)의 그리움도 분사하고 있다.

이 밖에도 작품 「감나무」에서 '둥글게 익는, 붉은 기별을 더듬은 행복한 미각 / 도드라진 둥근 감 싸목싸목 익어가는 그리움', 「호박꽃」에서 '숫기 없이 땅에 꽃을 피워 포근하게 잘 익은 / 늙은 호박은 엄마 품을 베고 싶은 그리움이다', 「비둘기낭 폭포」에서 '소나무 송진 향 배어나는 되알진 그늘 숲길 아래 / 그리움을 갈아서 눕혀 서럽게 미어지는 오장육부' 그리고 「용오름」에서 '못 말려 뭉쳐진 님의 생각은 울부짖어 직립하는 // 저 위의 그리움을 치솟아 그대에게 달려간다'라는 상황 전개를 보이는데, 이와 같이 최홍규 시인의 그리움은 외적인 사물과 내적인 관념에서 풍성한 이미지를 발산함으로써 시 읽기의 맛을 가중시키고 있다.

4. 서정적 자연관과 '무소유'의 정심(淨心)

우리 시인들은 친자연적인 성향을 모두 가졌다는 말도 지나친 것은 아니리라. 우선 우리가 외적으로 대할 수 있는 사물이 만유(萬有)의 자연에서 착목(着目)하기 때문에 우선 시각, 청각, 촉각 등 우리의 오관(五官)을 통해서 재생하는 이미지가 시적인 소재와 주제로 창조되는 것은 당연하다.

이처럼 대자연에서 이미지를 재생하거나 창출하려면 계절의 변화와 민감한 상보성을 갖게 되는데 이는 자연의 섭리(攝理)에 순응하면서 동행하는 인간들의 습성이다. 이렇게 매일 대할 수 있는 자연 사물에 대해서 우선 미적(美的)인 부분만 부각하는 이미지 외에 무엇을 주제로 투영할 것인가 하는 문제는 전술(前述)한 바와 같이 그 시인의 체험에서 그 해법을 찾게 된다.

최홍규 시인은 우선 '지독한 가뭄을 거부하는 저 손사래를 / 숲속에 들어온 자만이 볼 수 있는 장관이다 (중략) 싸여진 묵은 먼지 날짐승 발바닥이 털어내고 / 꿈틀거리는 생명 산야에 손짓으로 두들긴다「숲이 춤을 춘다」 중에서)'라는 '숲'에 대한 응시(凝視)를 통해서 우리의 생명과 상관된 이미지를 끝없이 탐구하고 있다.

다져놓은 외길을 뒷짐 지고 수런대는 산에 다가선다
오솔길 위 햇살은 흘러 내려와서 풀빛으로 고이더니
좁은 길 굽이로 자라난 푸른 소망 하나 가지를 뻗고

옥동자 청자를 구워내는 장인의 이마에 땀이 흐르듯
하늘 길 잃은 먼지와 벗이 되레 오롯이 손을 내밀면
한 자락씩 자란 숲속 나무들이 물고기처럼 풀고 있다

산바람을 동여맨 청솔가지 아래로 내려놓은 몸으로
무소유 마음에 다시 한 뼘씩 자란 소망을 잘 키워서
나를 낮추도록 빽빽이 다가선 그늘 아래로 밀어낸다

                    –「산에 다가가면」 전문

최홍규 시인은 이처럼 산에 가서 '오솔길'에서 만나는 '숲속 나무들'과 '햇살'과 '산바람' 그리고 '청솔가지' 등등의 사물과 교감하게 되는데 우리가 주목하게 되는 주제는 마지막 연에서 명징하게 적시한 '산바람을 동여맨 청솔가지 아래로 내려놓은 몸으로 / 무소유 마음에 다시 한 뼘씩 자란 소망을 잘 키워서 / 나를 낮추도록 빽빽이 다가선 그늘 아래로 밀어낸다'라는 '무소유'의 '소망'이 '나를 낮추도록' 심성의 변화를 구현하려는 시심(詩心)이라고 할 수 있다.

이러한 자연 서정은 사계절과 무관하게 이미지를 창출하지는 않는다. '순진하게 더위를 꾸짖으며 찾아온 바람결은 / 촉촉한 초록을 발효시킨 능수버들 황금물결이 / 소리 없이 커다란 눈물샘을 감아서 일렁인다(「가을」 중에서)'에 드러나는 어조와 같이 '가을' 계절의 시간성(세월)이 서정으로 지향하는 길이면서 동시에 작품으로 형상화하고 있는 것이다.

거친 비탈길을 베고 누운 고향의 골목길 옆에
다 달아 빠져 꺾어져서 낫이 하늘을 베고 있다

척박한 초가집 저녁은 또다시 잠들지 못하고
문고리 흔드는 냉기는 가슴팍이 저려 온다

까만 추억은 중앙 위 쪽에 타투가 되어 있고
달빛 아래 누운 배 허기진 맨발의 보릿고개에

거칠고 늙은 머릿결 흩어진 발자국 자리에
하늘 위에서 새우등이 초승달로 걸려 있다

-「초승달」 전문

이와 같이 초승, 보름, 그믐으로 대별되는 시간이 자연과 어우러질 때 거기에서 생성하는 이미지는 최홍규 시인에게서 불망의 동심이 어른거리는 '거친 비탈길을 베고 누운 고향의 골목길'과 '초가집 저녁의'의 '문고리 흔드는 냉기' 등이 추억으로 재생하지만 '달빛 아래 누운 배 허기진 맨발의 보릿고개'나 '거칠고 늙은 머릿결 흩어진 발자국 자리에'서 이 '새우등의 초승달'은 그가 고달팠던 삶의 흔적에서 탐색하는 그리움이 서정성으로 재탄생하고 있음을 이해하게 된다.

이러한 계절적인 서정성은 봄과 여름, 가을, 겨울을 망라한다. 또한 그의 시선이 멈추거나 심도 있게 응시한 산야(山野)와 자연 현상의 동정(動靜)에서 투영된 삶의 의미와 사유의 행방을 예비하는 그의 서정성은 높이 평가할 만하다.

최홍규 시인은 작품「꽃이 지고 나면」에서 '햇살이 깃든 벙그는 꽃밭에 밝은 빛이 찾아와 비추더니 // 등 따가운 뜨거움을 다독이며 하늘로 가는 저 꽃망울들 // 하늘 위로 광활한 푸른 하늘 틈으로 명지바람 품에 안고 // 열정을 세워 더 뜨거움으로 사랑에 꽃망울을 노래한다'라는 어조로 봄을 노래하는가 하면 또한 작품「첫눈」전문에서도 '지난 여름빛에 베인 화폭 중심에서 아카시아꽃 // 이팝나무 꽃 목화꽃들이 하얀 뭉게구름을 타고서 // 남루한 세상일을 보듬고 하늘로 먼저 날아가더니 // 칼끝에서 낙화하는 눈부신 하얀 깃발 꽃으로 날아 // 때 묻지 않는 엄숙한 하느님 경전 설경의 꽃으로 // 낮고 굵은 성량으로 곳간에 가득 들어오고 있다'라는 겨울의 이미지를 서정화(抒情化)하고 있는 것이다.

우리의 김남조 시인도 그의 글「생명의 시원에서」중에서 '모든 계절은 하나의 출발, 가을이 새로 열리는 곳에 씻은 마음의 청과(靑果)를 담아내리라. 한 계절은 가고 또 하나는 오건만 빛과 열락(悅樂)을 금하는 계절은 없다. 삶의 욕구와 즈믄 소망을 못 갖게 하는 계절은 결코 없다'라는 언지로 계절과 생명에 대한 상보의 의미를 피력하고 있어서 사계절 이미지의 창출에 도움이 될 듯도 하다.

5. 시조풍의 시법과 첩어의 사용

　최홍규 시인의 시집 읽기를 마무리하면서 몇 가지 특이한 점을 대하게 되는데 첫째로 작품 전체의 작법이나 시법이 시조풍이라는 표현법을 배제할 수 없다. 이는 3·4·4·4조의 정통 시조 작법의 정형시를 약간 변형시킨 특이한 시법이었으나 현대시 못지않게 상황 설정과 전개 그리고 주제의 투영 등이 잘 구성되었음을 읽을 수 있었다. 그러나 너무 율격(律格)에 신경을 맞추다 보면 현대시가 갖는 자유로운 표현법이 제한을 받을 수도 있다는 제약을 감수(甘受)해야 할 것이다.

두 번째로 살펴본 바는 우리의 언어체계상의 첩어(疊語)를 많이 구사한다는 것이다. 이 첩어는 동일하거나 또는 비슷한 음(音)으로 이루어진 형태소를 반복해서 만들어진 복합어이다. 그의 작품 중에서 인용해보면 모락모락, 주렁주렁, 똘망똘망, 짱알짱알, 벙글벙글, 쪼록쪼록, 수군수군, 뚜벅뚜벅, 꼬불꼬불, 도란도란, 가만가만, 대롱대롱, 아슬아슬, 흘끔흘끔, 토닥토닥, 아작아작, 동글동글, 듬뿍듬뿍, 흥얼흥얼 등등으로 수없이 등장시켜서 표현 단어 전후에 다른 수식 단어를 연결하여 행간의 의미를 배가시키는 훌륭한 화법을 적용하고 있다.

이렇듯 의성어(擬聲語)나 의태어(擬態語)를 반복적으로 복합하는 그의 문장법은 그 문장의 의미뿐만 아니라, 표현의 묘미(妙味)를 더욱 상승시키는 효과까지 갖는 수사법이라고 할 수 있다. 특히 함축된 시 문장에서의 행간의 강조법이나 이미지의 효율성을 생각했을 때 첩어나 준첩어 사용은 바람직한 시법이라고 할 수 있을 것이다.

최홍규 시인은 '뚜벅뚜벅 발걸음 고난의 생을 깊이 그려본다(「바람의 길」 중에서)', '돌아앉아 수군수군 뿔뿔이 갈 길 가는 뒷모습(「놀부 삽화」 중에서)', '(꼬불꼬불 햇빛 뒤로 숨은 증오의 뿌리(「제2땅굴」 중에서)' 등 첩어의 사용은 시 읽기에 있어 흥미 유발은 물론 행간의 소통을 위한 색다른 시법(또는 화법)임을 확인시켜 주고 있다.

또한 최홍규 시인이 이 시집을 통해서 제시하고자 하는 메시지는 '서산마루 숲 사이로 아쉬운 노을빛은 / 어떻게 살아야 저렇게 곱게 늙는 걸까(「홍시」 중에서)'라는 인생론에 드러난다. 참회나 성찰의 단계에서 관조(觀照)의 가치관을 창조하는 주제를 구현하려는 시 정신을 이해하게 되어서 그의 시적 열정을 상찬(賞讚)하게 된다. 시집 출간을 진심으로 축하한다.